U0093785

哈福

哈福

日語能力，快速升級版

世界最簡單
日語句型

一次學會，一生受用

附QR碼線上音檔
行動學習‧即刷即聽

朱燕欣‧田中紀子
◎合著

日語句型，看這本就會了

哈福

好快！1天就會說日語

最適合華人學習的日語學習書，為日語初學者輕鬆打下最好的基礎，日語句型，看這本就會了！

躺著學日語句型，好輕鬆，學一次，用一輩子，本書專門為苦於對日語句型感到困難，學習不得其門而入，卻想立刻開口說日文的讀者而編寫的。

清楚剖析句型在日常會話中，最正確的使用規則。並依照文法句型程度、由淺入深編排，每個句型都有豐富且簡單的例句。

收集日本人最常用會話、句型，日語句型重點解說，深入淺出，全方位日語基本功，簡單易學，從句型結構，到實際應用會話，讓您放膽出國，和日本人聊不停。

◆大字版，銀髮族也適用 。

【本書最適合你!】

◆一看就懂，一學就會的句型入門書

收錄最基礎的日語句型，重點解說，簡單易懂；漸進式學習句型和會話，教您放膽說日語，讓您說日語，像說母語一樣輕鬆！

◆快速掌握要訣，句型好簡單

提供日語句型最基本的概念，是最佳句型學習教材，教學、自學兩相宜。必修例句，可以強化會話能力，馬上和日本人聊不停。

◆句型快速上手，學習沒壓力

輕鬆學會日語基本架構和句型，再配合單字、文法、會話，按部就班學習，聽、說、讀、寫，一定進步神速。

◆複誦教學，行動學習，教您用直覺學句型

從50音開始，到單字、句型、會話、文法，日籍老師慢速、反覆、漸進的教學，讓您學習日語，成為直覺反應，好聽力、好流利！

依日語種會話功能，清楚剖析文法、句型在日常會話中，最正確的使用規則。並依照文法、句型程度、由淺入深編排。每個句型都有豐富且簡單的例句。為使讀者能確實記憶句型和提高運用能力，會話部分採用了日常生活中，使用頻率高、實用性最強、容易琅琅上口的日常對話。

透過簡單的對話練習、並針對讀者最易混淆的文法、句型錯誤，提供讀者最佳的學習方式，由淺入深，帶讀者輕鬆進入日語文法、句型的世界，全盤了解文法、句型的使用規則。藉由本書認識文法、句型，您將能輕鬆學習，日語實力迅速提升！

祝您 學習成功愉快

編者　謹識

50音總表

清音

	あ段	い段	う段	え段	お段
あ行	a あ	i い	u う	e え	o お
か行	ka か	ki き	ku く	ke け	ko こ
さ行	sa さ	shi し	su す	se せ	so そ
た行	ta た	chi ち	tsu つ	te て	to と
な行	na な	ni に	nu ぬ	ne ね	no の
は行	ha は	hi ひ	fu ふ	he へ	ho ほ
ま行	ma ま	mi み	mu む	me め	mo も
や行	ya や		yu ゆ		yo よ
ら行	ra ら	ri り	ru る	re れ	ro ろ
わ行	wa わ				o を
鼻音	n ん				

濁音・半濁音

ga	が	gi	ぎ	gu	ぐ	ge	げ	go	ご
za	ざ	ji	じ	zu	ず	ze	ぜ	zo	ぞ
da	だ	ji	ぢ	zu	づ	de	で	do	ど
ba	ば	bi	び	bu	ぶ	be	べ	bo	ぼ
pa	ぱ	pi	ぴ	pu	ぷ	pe	ぺ	po	ぽ

拗音

kya	きゃ	kyu	きゅ	kyo	きょ
gya	ぎゃ	gyu	ぎゅ	gyo	ぎょ
sha	しゃ	shu	しゅ	sho	しょ
ja	じゃ	ju	じゅ	jo	じょ
cha	ちゃ	chu	ちゅ	cho	ちょ
nya	にゃ	nyu	にゅ	nyo	にょ

hya	ひゃ	hyu	ひゅ	hyo	ひょ
bya	びゃ	byu	びゅ	byo	びょ
pya	ぴゃ	pyu	ぴゅ	pyo	ぴょ
mya	みゃ	myu	みゅ	myo	みょ
rya	りゃ	ryu	りゅ	ryo	りょ

Contents 目錄

詢問

Contents 目錄

場所

動作

時間

數量・程度

*請搭日籍老師的標準錄音學習，日語能力進步神速。

1 [名詞] は [名詞] です。[名詞] は [名詞] じゃありません。

例文

3-00:08

私(わたし)は会社員(かいしゃいん)です。

田中(たなか)さんは学生(がくせい)です。

陳(ちん)さんは公務員(こうむいん)です。

私(わたし)は鈴木(すずき)じゃありません。

葉(よう)さんはエンジニアじゃありません。

単語

佐藤(さとう)さん	黄(こう)さん	主婦(しゅふ)	大学生(だいがくせい)	大学院生(だいがくいんせい)

会話

3-01:08

A：あなたは会社員(かいしゃいん)ですか。

B：はい。私(わたし)は会社員(かいしゃいん)です。

A：あなたは学生(がくせい)ですか。

C：いいえ。私(わたし)は学生(がくせい)じゃありません。

1 〔名詞〕是〔名詞（人名／身分）〕。〔名詞〕不是〔名詞（人名／身分）〕。

例句

我是公司職員。

田中先生是學生。

陳先生是公務員。

我不是鈴木。

葉先生不是工程師。

替換單字				
佐藤先生（小姐）	黃先生（小姐）	家庭主婦	大學生	研究生

會話

A：你是公司職員嗎？

B：是，我是公司職員。

A：你是學生嗎？

C：不是。我不是學生。

解說

「田中さん」是「人名＋敬稱」。

「あなた」表示聽者的人稱代名詞。稍微是尊敬的意思。

「はい」對於提問給予肯定回答時使用。

「いいえ」對於提問給予否定回答時使用。

「…か」接在句尾表示疑問句。

2 ［名詞］も［名詞／形容詞］です。

例文

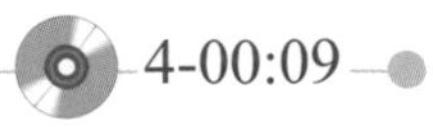
4-00:09

私(わたし)も大学生(だいがくせい)です。

木村(きむら)さんも先生(せんせい)です。

劉(りゅう)さんも会社員(かいしゃいん)です。

今日(きょう)も雨(あめ)です。

明日(あした)も仕事(しごと)です。

単語				
林(りん)さん	専門学校生(せんもんがっこうせい)	明後日(あさって)	週末(しゅうまつ)	勉強(べんきょう)

会話

4-00:58

A：私(わたし)は会社員(かいしゃいん)です。あなたは？

B：私(わたし)も会社員(かいしゃいん)です。

A：そうですか。じゃ、その方(かた)は？

B：この人(ひと)は会社員(かいしゃいん)じゃありません。

2 〔名詞〕也是〔名詞／形容詞〕。

例句

我也是大學生。

木村先生是老師。

劉小姐也是公司職員。

今天也是下雨。

明天也要工作。

替換單字					
	林先生（小姐）	專門學校的學生	後天	週末	學習／讀書

會話

A：我是公司職員。你呢？

B：我也是公司職員。

A：是嘛。那麼那一位呢？

B：那一位不是公司職員。

解說

「も」表示同樣的事情其他也有時。「あなたは？」表示提問。

「そうですか」表示聽者理解說話者所說的話，並給予肯定時使用。「じゃ」開始說些什麼話時使用。

「その方」「その」表示在距離聽者比較近的位置。「方」是對「人」的敬語表現。

「この人」表示在距離說話者比較近的位置。

3 ［動詞］ましょう。

例文

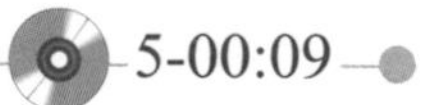
5-00:09

出(で)かけましょう。

買(か)い物(もの)しましょう。

食(た)べましょう。

行(い)きましょう。

話(はな)しましょう。

単語	帰(かえ)ります	飲(の)みます	歩(ある)きます	寝(ね)ます	見(み)ます

会話

5-00:42

A：お腹(なか)が空(す)きました。

B：もうお昼(ひる)ですね。

A：ご飯(はん)を食(た)べましょう。

B：そうしましょう。

3 〔動詞＋〕吧！

例句

出門去吧！

買東西去吧！

去吃東西吧！

走吧！

說吧！

回去	喝東西	走路	睡覺	看

會話

A：肚子餓了。

B：已經是中午了。

A：去吃飯吧！

B：就這麼決定了。

解說

「動詞連用形＋ましょう」表示勸誘。單方面的邀請。

「を」動詞的目的語，接續在名詞後。

「に」助詞，表示移動的目的地。

「で」助詞，表示交通工具或方法。

「もう…ですね」表示特定時間裡已達成的事態。

「そうしましょう」表示同意對方提案的心情。

4 ［名詞］は［形容詞］です。［名詞］は［形容詞く］ありません。

例文

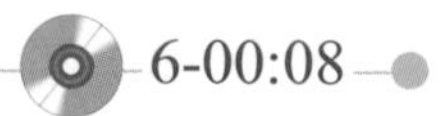

台北(タイペイ)101ビルはとても高(たか)いです。

この車(くるま)は新(あたら)しくありません。

週末(しゅうまつ)はにぎやかです。

夜(よる)は静(しず)かじゃありません。

台北(タイペイ)の夜景(やけい)はきれいです。

単語				
新(あたら)しい	古(ふる)い	忙(いそが)しい	うるさい	素晴(すば)らしい

会話

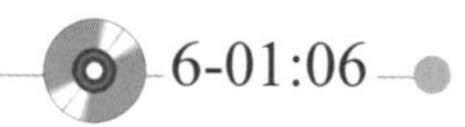

A：夜市(よるいち)はにぎやかですね。

B：そうですね。そうだ、何(なに)か食(た)べましょう。

A：あれはどうですか。

B：台湾(たいわん)ソーセージはおいしいですよ。

〔名詞〕是〔形容詞〕。〔名詞〕不是〔形容詞〕。

例句

台北101很高。

這台車子不新。

週末（一向）很熱鬧。

（一到）夜晚不寧靜。

台北的夜景漂亮。

替換單字				
新的	舊的	忙的	吵雜的	了不起／美麗的

會話

A：夜市很熱鬧哦。

B：是啊。對了，吃點什麼吧！

A：那個怎麼樣？

B：台灣香腸很好吃呦。

解說

「とても」表示所修飾的形容詞，其代表的事情程度非常大。

「台北の夜景」：「の」表示其後的名詞的所屬事情。句中的「夜景」屬於「台北」。

「…ですね」表示說話者輕微的驚訝。

「そうだ」表示突然想起某事。「何か」表示不特定的事物。

「どうですか」表示尋求對方的意見或想法。

5 ［名詞］が好きです。［名詞］が嫌いです。

例文

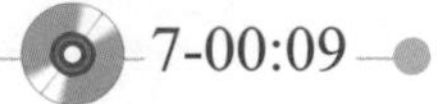

私は野球が好きです。

私は日本料理が好きです。

私は脂っこいものが嫌いです。

陳さんは辛い料理が嫌いです。

木村さんはうるさいところが嫌いです。

単語		
ビーフン	さっぱりしたもの	甘いもの
静かなところ	スポーツ	

会話

7-01:05

A：揚げ物が好きですか。

B：はい。好きです。

A：じゃ、鶏の唐揚げを食べましょう。

B：いいですね。

5 喜歡〔＋名詞〕／討厭〔＋名詞〕。

例句

我喜歡棒球。

我喜歡日本料理。

我不喜歡油膩的東西。

陳小姐不喜歡辣的東西。

木村先生不喜歡吵雜的地方。

米粉	清爽的東西	甜的東西	安靜的地方	運動

會話

A：你喜歡油炸的東西嗎？

B：對。我喜歡。

A：那就吃炸雞塊吧！

B：好啊！

解說

「脂っこい」表示油脂多的食物。

「…ところ」表示場所。

「さっぱりしたもの」表示調味清淡的料理。

「いいですね」表示對於對方的提案具好感地同意。

6 ［動詞］たいです。

例文

8-00:08

水(みず)を飲(の)みたいです。

服(ふく)を買(か)いたいです。

飛行機(ひこうき)に乗(の)りたいです。

遊びに行(い)きたいです。

温泉(おんせん)に入(はい)りたいです。

単語

散歩(さんぽ)します	テレビを見(み)ます	ゆっくり休(やす)みます
おいしいものを食(た)べます		ハイキングをします

会話

8-00:55

A：天気(てんき)がいいですね。

B：どこか遊びに行(い)きたいですね。

A：いいですね。どこに行(い)きたいですか。

B：海(うみ)へ行(い)きましょう！

6 想〔＋動詞〕…。

例句

我想喝水。

我想去買衣服。

我想去坐飛機。

我想去玩。

我想去泡溫泉。

散步	看電視	放輕鬆休息	吃好吃的東西	去郊遊

會話

A：天氣好好哦。

B：真想去哪走走哦。

A：好啊。想去哪裡呢？

B：去海邊吧！

解說

「動詞＋たいです」動詞的語尾「ます」型改為「たいです」。表示期望、要求。

「どこか」疑問詞，詢問不特定場所時使用。

「遊びに行きたい」：「名詞＋に行きたい」表示為進行某件事而前往，名詞代表某件事的目的。

7 ［動詞］てください。

例文

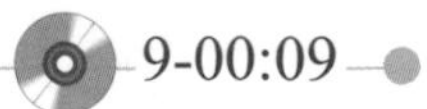

ドアを閉(し)めてください。

それを見(み)せてください。

道(みち)を教(おし)えてください。

電話(でんわ)をしてください。

メールを書(か)いてください。

単語				
窓(まど)	地図(ちず)	日本語(にほんご)	メール	手紙(てがみ)

会話

9-00:52

A：どうぞ、これ食(た)べてください。

B：いただきます。わあ、おいしいですね。

A：デパートで買(か)いました。

B：ごちそうさまでした。

7 請〔+動詞〕…。

例句

請關掉電視。

請讓我看一下那個。

請教一下路。

請打電話給我。

請寫電子郵件。

窗子	地圖	日語	電子郵件	信

會話

A：請吃這個。

B：謝謝。哇！好好吃哦。

A：在百貨公司買的。

B：謝謝招待。

解說

「動詞て+ください」用於請求對方幫忙或指示，以及勸誘時的說法。動詞是連用形的變化。

「どうぞ」向對方遞出禮物時使用的說法。「いただきます」吃喝東西前的固定說法。

「わあ」表示吃驚時所發出的聲音。「買いました」是「買います」的過去式。「ごちそうさまでした」一般為吃飽飯時的固定說法。

8 ［動詞］ないほうがいいです。

例文

10-00:08

あそこには行(い)かないほうがいいです。

無理(むり)をしないほうがいいです。

会社(かいしゃ)は休(やす)まないほうがいいです。

この水(みず)は飲(の)まないほうがいいです。

生(なま)ものを食(た)べないほうがいいです。

単語	夜(よる)の町(まち)	冷(つめ)たいもの	甘(あま)いもの	さぼる	捨(す)てる

会話

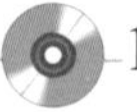

10-01:00

A：クレジットカードを持(も)たないほうがいいですよ。

B：どうしてですか。

A：すぐ買(か)い物(もの)がしたくなります。

B：そうですね。。

8 不要〔＋動詞〕比較好。

例句

不要去那裡比較好。
不要勉強比較好。
公司不要請假比較好。
不要喝那個水較好。
不要吃生冷的東西比較好。

夜晚的街道	生冷的東西	甜的東西	翹課／翹班	丟掉

會話

A：不要帶信用卡比較好。
B：為什麼呢？
A：馬上就會想買東西的。
B：是啊。

解說

「動詞ない＋ほうがいいです」動詞是未然形變化。婉轉地向對方表示禁止。
「あそこ」指示語，表示位於說話者、聽者雙方比較遠的距離位置。「どうして」詢問理由的疑問詞。「すぐ」不用花一點時間，馬上。「したくなる」：「動詞連用形＋たくなる」表示心裡想要實現動詞所表示的事項。

9 ［名詞］という［名詞］。

例文

11-00:08

高島屋(たかしまや)というデパートに行(い)きたいです。

あそこに台湾大学(たいわんだいがく)という大学(だいがく)があります。

これは何(なん)という食(た)べ物(もの)ですか。

彼(かれ)は王健民(おうけんみん)という野球選手(やきゅうせんしゅ)です。

横浜(よこはま)という町(まち)で生(う)まれました。

スーパー	中山大学(ちゅうざんだいがく)	モデル	飲(の)み物(もの)	広島(ひろしま)

会話

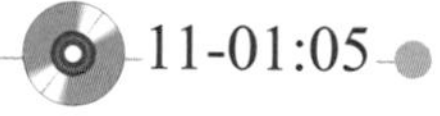

A：金沢(かなざわ)というところを知(し)っていますか。

B：はい。知(し)っています。

A：どんな所(ところ)ですか。

B：古(ふる)い町(まち)です。

9 叫做〔+名詞〕的〔名詞〕。

例句

我想去叫做鷹島屋的百貨公司。

那裡有叫做台灣大學的大學。

這個食物叫做什麼呢？

他是叫做王健民棒球選手。

我在叫做橫濱的鎮上生的。

替換單字	超市	中山大學	模特兒	飲料	廣島

會話

A：你知道叫做金澤的地方嗎？

B：嗯，我知道。

A：是怎樣的地方呢？

B：古老的城鎮。

解說

「名詞aという名詞b」使用名詞a來詳細說明名詞b。

「何という」詢問名稱為何時使用。

「ところ」表示場所。

「どんな所」：「どんな+名詞」是要求說明關於名詞所指的地點時使用。

10 …と思(おも)います。

例文

12-00:09

平田(ひらた)さんは来(こ)ないと思(おも)います。

午後(ごご)、雨(あめ)が降(ふ)ると思(おも)います。

楊(よう)さんはスポーツが好(す)きだと思(おも)います。

この値段(ねだん)は高(たか)いと思(おも)います。

故宮(こきゅう)行(い)きのバス亭(てい)は、あそこだと思(おも)います。

単語				
来(く)る	晴(は)れる	嫌(きら)い	安(やす)い	反対側(はんたいがわ)

会話

12-01:00

A：この手紙(てがみ)はどのくらいで日本(にほん)に届(とど)きますか。

B：4、5日(にち)で届(とど)くと思(おも)います。

A：そうですか。ありがとうございました。

B：どういたしまして。

10 我認為是…。

例句

我認為平田先生不會來。

我認為下午會下雨。

我認為楊先生喜歡運動。

我認為這個價錢貴。

我認為去故宮的巴士站在那裡。

替換單字				
來	晴天	不喜歡	便宜	相反方向、對面

會話

A：這封信多久可以到日本呢？

B：我認為四、五天可以到。

A：是嘛。謝謝。

B：不客氣。

解說

「体言／動詞終止形と思います」表示說話者主觀的判斷。
「故宮行き」：「名詞（場所）＋行き」表示交通工具前往的地點。
「届く」表示信件或是貨物、行李等送到目的地。
「どういたしまして」是對於說「ありがとう」的人的固定回應說法。

11 これは［名詞（人名）の名詞］です。

例文

13-00:08

これは私（わたし）のカバンです。

これは林（りん）さんの本（ほん）です。

これは誰（だれ）の傘（かさ）ですか。

これは劉（りゅう）さんの携帯電話（けいたいでんわ）です。

これは佐藤（さとう）さんのデジタルカメラです。

単語		
ノートパソコン	新聞（しんぶん）	バイク
コップ	腕時計（うでどけい）	

会話

13-00:59

A：鈴木（すずき）さん、これは鈴木（すずき）さんの車（くるま）ですか。

B：はい。そうです。

A：かっこいいですね。

B：最近（さいきん）買（か）いました。

11 這是〔＋名詞（人名）的名詞〕。

例句

這是我的皮包。

這是林先生的書。

這是誰的傘呢？

這是劉先生的手機。

這是佐藤先生的數位相機。

筆記型電腦	報紙	摩托車	杯子	手錶

會話

A：鈴木先生，這是鈴木先生的車子嗎？

B：對，是我的。

A：好酷哦！

B：最近剛買的。

解說

「名詞（人名）の名詞」表示名詞所表示之物的所有者。

「かっこいい」形容外在看來出色。

「最近」表示過去較近的時間。對於時間範圍的認知，因人而異。

「買いました」：「買う」的過去式，客氣說法。

12 ［名詞］が一番…。

例文

14-00:08

私は納豆が一番嫌いです。

日本料理は寿司が一番有名です。

木村さんは数学が一番得意です。

陳さんはクラスで成績が一番上です。

台湾料理で何が一番好きですか。

単語				
刺し身	おいしい	苦手	悪い	中華料理

会話

14-01:01

A：先月京都に行きました。

B：いいですね。何がいちばん良かったですか。

A：金閣寺がいちばん良かったです。

B：そうですか。

12 最〔＋名詞〕…。

例句

我最討厭納豆了。

日本料理之中，壽司最有名了。

木村先生數學最在行了。

陳小姐在班上成績最好。

台灣料裡之中，最喜歡什麼呢？

生魚片	美味好吃	不擅長	最差	中華料理

會話

A：上個月去了京都。

B：真好。印象最好的是什麼呢？

A：金閣寺最好了。

B：是嘛。

解說

「クラスで／台湾料理で」其中省略了「…の中」表示範圍。

「先月」表示上個月。

「行きました」：「行く」的過去式，客氣説法。

「良かった」：「良い」的過去式，客氣説法。

13 ［名詞］が欲しいです。

例文

15-00:08

私は手紙が欲しいです。

私は新しい靴が欲しいです。

林さんは彼女が欲しいです。

山田さんは新しい携帯電話が欲しいです。

お土産は何が欲しいですか。

単語	ネックレス	ペット	飲み物	これ	どんなもの

会話

15-00:55

A：もうすぐ誕生日ですね。

B：はい。

A：誕生日のプレゼントは何が欲しいですか。

B：ダイヤの指輪が欲しいです。

13 想要〔＋名詞〕。

例句

我想要收到信。

我想要有新的鞋子。

林先生想要女朋友。

山田先生想要新的手機。

伴手禮想要什麼呢？

替換單字				
項鍊	寵物	飲料	這個	什麼東西

會話

A：馬上就要生日了哦。

B：是啊。

A：生日禮物想要什麼呢？

B：我想要鑽石的戒指。

解說

「名詞が欲しいです」表示想要獲得名詞所表示的人、事、物。

「手紙が欲しい」表示想要收到他人的來信。

「彼女」對男性而言異性的朋友。

「もうすぐ」表示時間的經過，不久的將來。

「どんなもの」表示不特定的東西。

14 …そうです。

例文

この料理(りょうり)はおいしそうです。

この値段(ねだん)なら買(か)えそうです。

この薬(くすり)はよく効(き)きそうです。

病気(びょうき)は心配(しんぱい)なさそうです。

ここで間違(まちが)いなさそうです。

まずい	手(て)に入(い)れる	高(たか)い	大丈夫(だいじょうぶ)	合(あ)っている

会話

A：遊園地(ゆうえんち)にはたくさん乗(の)り物(もの)がありますね。

B：どれに乗(の)りましょうか。

A：あれはどうですか。

B：面白(おもしろ)そうですね。

14 看來好像…。

例句

這道料理看來很好吃。

如果是這個價格好像買得起。

這個藥好像很有效。

病情好像不用擔心了。

到這裡好像沒有錯誤。

難吃	得到手	貴／高	沒問題	符合

會話

A：遊樂場有許多可以乘坐的遊戲。

B：決定要坐哪樣了嗎？

A：那一個怎麼樣呢？

B：好像很有趣。

解說

「形容詞／動詞＋そうです」表示説話者依眼下的情況所下的判斷。

「なら」表示條件。

「よく」是形容詞「よい」的連用形。表示其有十分或相當高的程度。

「たくさん」表示數量多的樣子。

15 …でいいです。

例文

17-00:09

これでいいです。

水(みず)でいいです。

スプーンはひとつでいいです。

忙(いそが)しいなら後(あと)でいいです。

食事(しょくじ)をするのは来週(らいしゅう)でいいですか。

単語	コーヒー	お茶(ちゃ)	フォーク	明日(あした)	あさって

会話

A：夕食(ゆうしょく)でも食(た)べましょうか。

B：どこで食(た)べましょうか。

A：ええと、夜市(よるいち)でいいですか。

B：いいですよ。

15 …就好了。

例句

這樣就好。

水就可以了。

湯只要一碗就好了。

如果忙的話待會兒也可以。

下週一起吃飯好嗎？

咖啡	茶	叉子	明天	後天

會話

A：去吃晚餐吧？

B：要到哪裡吃呢？

A：嗯，夜市怎麼樣？

B：好啊。

解說

「体言＋でいいです」舉例説明，如果是那樣的話就很好。

「食事をするのは」：「のは」形成接在動詞句子之後的名詞句，表示主題的內容。

「夕食でも」：「でも」是在舉例提議時使用。

「ええと」表達是在考慮中的語氣。

16 …とは限(かぎ)らない。

例文

18-00:09

彼(かれ)が悪(わる)いとは限(かぎ)らない。

いつもうまくいくとは限(かぎ)らない。

毎日(まいにち)バスに座(すわ)れるとは限(かぎ)らない。

パソコンが何(なん)でもできるとは限(かぎ)らない。

お金(かね)があれば幸(しあわ)せだとは限(かぎ)らない。

単語

彼女(かのじょ)のせい	機嫌(きげん)がいい	楽(たの)しい
壊(こわ)れない	毎日(まいにち)良(よ)い天気(てんき)	

会話

18-00:59

A：どうしましたか。

B：テストに失敗(しっぱい)しました…。

A：いつもうまくいくとは限(かぎ)らないですよ。

B：そうですね。次(つぎ)頑張(がんば)ります。

16 不見得是…。

例句

不見得是他不好。

不見得總是會順利。

不見得每天巴士都有位子坐。

不見得電腦凡事都能做。

不見得有錢就會幸福。

她的錯	心情好	愉快	不會壞	每天好天氣

會話

A：怎麼了？

B：考試失敗了…。

A：不見得總是順利啊。

B：是啊。下次會努力。

解說

「用言の終止形＋とは限らない」表示有些事並不一定能夠下斷言。

「座れる」：「座る」的可能動詞。

「何でも」表示全所有的事物。

「あれば」：動詞「ある」的假定條件形。

17 …なら…。

例文

鈴木(すずき)さんが行(い)くなら私(わたし)も行(い)きます。

お金(かね)がないなら貸(か)してあげます。

コートがあるなら持(も)っていきなさい。

木村(きむら)さんにできるなら私(わたし)にもできます。

男(おとこ)なら我慢(がまん)しなさい。

単語		
帰(かえ)る	傘(かさ)がない	マフラー
陳(ちん)さんが合格(ごうかく)した		頑張(がんば)りなさい

会話

19-00:55

A：子(こ)どもの成績(せいせき)が悪(わる)くて心配(しんぱい)です。

B：子(こ)どもの良(よ)いところはありませんか。

A：子(こ)どもは体(からだ)が丈夫(じょうぶ)です。

B：体(からだ)が丈夫(じょうぶ)なら心配(しんぱい)することはありません。

17 …的話…。

例句

鈴木小姐去的話，我也去。

如果沒錢的話借給你。

如果有大衣的話就帶去。

木村先生如果可以的話我也可以。

如果是男子漢的話就忍耐。

替換單字				
回去	沒帶傘	圍巾	陳小姐考上	要加油

會話

A：擔心孩子的成績。

B：小孩子沒有優點嗎？

A：孩子的身體不錯。

B：身體健康的話就不用擔心了。

解說

「用言終止形／名詞＋なら」表示順接的假定條件。

「持っていく」帶在身邊一起行動。

「我慢」忍耐。

「悪くて」：「悪い」的連用形。

「丈夫」健康。

18 …から…。

例文

20-00:08

暑(あ)いからクーラーをつけます。

寒(さむ)いからコートを着(き)ます。

お腹(なか)が空(す)いたから何(なに)か食(た)べます。

風邪(かぜ)をひいたから休(やす)みます。

お金(かね)がないから買(か)いません。

単語		
窓(まど)を開(あ)けます	ドアを閉(し)めます	料理(りょうり)します
熱(ねつ)がある	欲(ほ)しくない	

会話

20-00:57

A：日曜日(にちようび)はどこか行(い)きましたか。

B：暑(あつ)かったから、どこへも行(い)きませんでした。

A：そうですか。

B：クーラーがあるから家(いえ)の中(なか)は涼(すず)しいです。

18 (因為)…所以…。

例句

很熱所以開冷氣吧。

很冷所以穿大衣吧。

肚子餓了吃點什麼。

感冒了所以休息。

沒錢所以不買。

開窗	關門	做菜	發燒	不想要

會話

A：星期天去了哪裡呢？

B：很熱所以哪裡也沒去。

A：是嗎？

B：有冷氣所以待在家裡較涼。

解說

「用言終止形＋から」表示原因、理由。「から」前面的句子表示原因，後面的句子是理由。

「お腹が空いた」：「お腹が空く」的過去式。

「風邪をひいた」：「風邪をひく」的過去式。

「どこへも行かなかった」表示沒有去任何地方。

「暑かった」：「暑い」的過去式。

19 ［名詞］にいいです。

例文

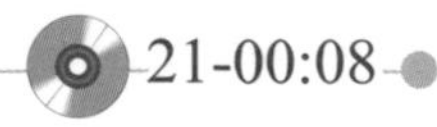

このスープは体（からだ）にいいです。

運動（うんどう）は健康（けんこう）にいいです。

コーヒーは眠気覚（ねむけざ）ましにいいです。

音楽（おんがく）を聴（き）くのはストレス解消（かいしょう）にいいです。

この薬（くすり）は頭痛（ずつう）にいいです。

単語				
お茶（ちゃ）	ダイエット	ガム	旅行（りょこう）	腹痛（ふくつう）

会話

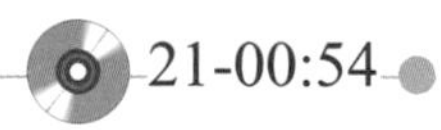

A：タバコですか。

B：はい。気分転換（きぶんてんかん）にいいですよ。

A：でも、タバコは体（からだ）に悪（わる）いですよ。

B：…それもそうですね。

19 對〔＋名詞〕好。

例句

這種湯對於身體好。

運動對於健康好。

咖啡對於消除睡意有效。

聽音樂對於消除壓力有效。

這種藥對於頭痛有效。

替換單字				
茶	減肥	口香糖	旅行	肚子痛

會話

A：在抽菸嗎？

B：嗯。轉換心情很有用。

A：但是，香菸對身體不好。

B：話雖然這麼說，…。

解說

「名詞にいい」表示主題所指示的事物對於名詞所指示的事物有益。

「それもそうですね」表示聽者理解並接受說話者的意見或勸告。

20 念(ねん)のため…。

例文

22-00:08

念(ねん)のためお金(かね)を多(おお)めに持(も)っていきます。

念(ねん)のため席(せき)を予約(よやく)します。

念(ねん)のため早(はや)めに出発(しゅっぱつ)します。

念(ねん)のためもう一度(いちど)計算(けいさん)します。

念(ねん)のため確認(かくにん)します。

単語		
小銭(こぜに)	電話(でんわ)	帰(かえ)ります
聞(き)きます	私(わたし)が行(い)ってきます	

会話

22-00:58

A：明日(あした)は何時(なんじ)に出発(しゅっぱつ)しますか。

B：10 時(じ)です。

A：渋滞(じゅうたい)するかもしれません。念(ねん)のため早(はや)めに出発(しゅっぱつ)しましょう。

B：そうしましょう。

20 以防萬一…。

例句

以防萬一，多帶一些錢去。

以防萬一，先預約。

以防萬一，早點出發吧。

以防萬一，再計算一次。

以防萬一，確認一下。

零錢	電話	回去	聽	我出去一下

會話

A：明天幾點出發呢？

B： 10點。

A：說不定會塞車，以防萬一，早點出發吧。

B：就這麼決定吧！

解說

「念のため」表示為了更加確認的意思。

「多め」表示比預定的數量更多一些。

「席」表示座位。

「早めに」表示比預定的時間更早一些。

21 …かもしれません。

例文

23-00:08

急げば間に合うかもしれません。

店はまだ開いているかもしれません。

明日は雨かもしれません。

来週は忙しいかもしれません。

車がないと不便かもしれません。

単語

走れば	やっています	来ません
暇	クレジットカード	

会話

23-00:58

A：佐藤さん、明日の旅行に私は行けないかもしれません。

B：え？どうしてですか。

A：仕事が忙しいんです。

B：そうですか。残念ですね。

21 說不定…。

例句

趕快一點說不定會來得及。

商店說不定還開著。

明天說不定會下雨。

下星期說不定會很忙。

沒有車說不定很不方便。

用跑的話	有在營業	不來	空閒	信用卡

會話

A：佐藤小姐，明天的旅行我說不定不能去。

B：咦？怎麼了？

A：工作忙。

B：是啊。真遺憾。

解說

「動詞・形容詞終止形／名詞・形容動詞＋かもしれません」表示不確定，但可以如此認為。「急げば」：動詞「急ぐ」的假定形。「まだ」副詞，表示某種狀態狀況持續進行的樣子。「開いている」：動詞「開く」的現在進行式。「車がないと」：助詞「と」表示假定條件。「行けない」：動詞「行く」的可能動詞。「残念ですね」無法滿意於某件事，心中掛念的樣子。

22 …みたいです。

例文

道(みち)を間違(まちが)えたみたいです。

日本人(にほんじん)みたいです。

冬(ふゆ)なのに暖(あたた)かくて春(はる)みたいです。

誰(だれ)か来(き)たみたいです。

大好(だいす)きな歌手(かしゅ)に会(あ)えて夢(ゆめ)みたいです。

単語	時間(じかん)	台湾人(たいわんじん)	秋(あき)の終(お)わり	いる	アイドル

会話

A：あれ？山本(やまもと)さんはいませんか？

B：先週(せんしゅう)日本(にほん)に帰(かえ)ったみたいですよ。

A：そうなんですか。

B：友(とも)だちの陳(ちん)さんが知(し)っているかもしれません。

22 好像…。

例句

好像走錯路了。

好像是日本人。

冬天暖和地像春天一樣。

好像有人來了。

遇到最喜歡的歌手，好像做夢一樣。

時間	台灣人	秋天的終了	在（家）	偶像

會話

A：ㄟ？山本小姐不在嗎？

B：好像上星期回日本了。

A：是這樣哦。

B：她的朋友陳先生說不定知道。

解說

「形容詞・動詞終止形／形容動詞・体言＋みたいです」表示說話者實際所見所聞，然而不確定的推測。

「間違えた」：動詞「間違える」的過去式。

「冬なのに」：助詞「のに」連接前後句子，表示前文的內容具有可能性，但是後面句子情況卻不相同。名詞的接續方式「名詞＋な＋のに」。「会えて」：動詞「会う」的可能動詞。

23 わりに…。

例文

25-00:08

今日(きょう)はわりに暖(あたた)かい。

彼(かれ)は年(とし)のわりに老(ふ)けてみえる。

この料理(りょうり)は値段(ねだん)のわりにおいしい。

この映画(えいが)はお金(かね)をかけたわりに面白(おもしろ)くない。

会議(かいぎ)はわりに早(はや)く終(お)わった。

単語				
寒(さむ)い	若(わか)く見(み)える	まずい	つまらない	宿題(しゅくだい)

会話

25-00:58

A：木村(きむら)さん、もう帰(かえ)るんですか。

B：今日(きょう)は仕事(しごと)がわりと早(はや)く終(お)わりました。

A：よかったですね。お疲(つか)れさまでした。

B：お疲(つか)れさまでした。

23 反倒是…。

例句

今天反倒是很溫暖。
他看來反而比年紀老。
這道料理比起價格反而是好吃。
這部電影花了錢卻不好看。
會議反倒是很早就結束。

替換單字				
寒冷	看來年輕	難吃	無聊	作業

會話

A：木村先生，要回家了嗎？
B：今天工作反倒是很早就結束了。
A：真好。辛苦了。
B：辛苦了。

解說

「わりに」表示比較性的意思。
「老けてみえる」看來年紀大。
「お金をかけた」花費大量金錢。
「お疲れさまでした」工作結束回家時，對同事、上司說的固定打招呼用語。

24 ［形容詞］ですが、［形容詞］です。

例文

26-00:08

この町（まち）は便利（べんり）ですが、うるさいです。

この靴（くつ）はきれいですが高（たか）いです。

この家（いえ）は古（ふる）いですが、きれいです。

この料理（りょうり）はおいしいですが、高（たか）いです。

仕事（しごと）は忙（いそが）しいですが、楽（たの）しいです。

単語		
汚（きたな）い	デザインがよくない	
家賃（やちん）が高（たか）い	まずい	難（むずか）しい

会話

26-01:00

A：中村（なかむら）さん、中国語（ちゅうごくご）の勉強（べんきょう）はどうですか。

B：そうですね…。難（むずか）しいですが、面白（おもしろ）いです。

A：そうですか。頑張（がんば）ってくださいね。

B：はい。ありがとうございます。

24 是〔＋形容詞〕，但是〔＋形容詞〕。

例句

這條街很方便但是很吵。

這雙鞋很漂亮但是很貴。

這棟房子很老但是很漂亮。

這道料理很好吃但是很貴。

這份工作很忙，但是很有趣。

替換單字				
骯髒	設計不佳	租金高	難吃	困難

會話

A：中村小姐，中文的學習怎麼樣了？

B：這個嘛…。很難，但是很有趣。

A：是嘛。加油哦。

B：好。謝謝。

解說

「形容詞ですが、形容詞です」對於某件事的感想，或是界於「好」或「不好」兩個形容詞之間，用「ですが」連結。

「きれい」有漂亮以及清潔的意思。

25 ［形容詞］くて、［形容詞］です。

例文

27-00:08

このリンゴはあまくて、おいしいです。

許(きょ)さんの家(いえ)は新(あたら)しくて、広(ひろ)いです。

周(しゅう)さんのかばんは小(ちい)さくて、かわいいです。

李(り)さんの車(くるま)は古(ふる)くて汚(きたな)いです。

飛行機(ひこうき)は速(はや)くて便利(べんり)です。

イチゴ	大(おお)きい	赤(あか)い	かっこわるい	快適(かいてき)

会話

27-00:58

A：中野(なかの)さん、学校(がっこう)には慣(な)れましたか。

B：はい。

A：学校(がっこう)の食堂(しょくどう)はどうですか。

B：安(やす)くておいしいです。

25 又〔＋形容詞〕，又〔＋形容詞〕。

例句

這個蘋果又甜又好吃。

許先生的家又新又大。

周小姐的皮包又小又可愛。

李先生的車又舊又髒。

飛機又快又方便。

替換單字				
草莓	大的	紅的	樣子不好看	舒適

會話

A：中野小姐，學校習慣了嗎？

B：是的。

A：學校的餐廳怎麼樣呢？

B：便宜又好吃。

解說

「形容詞くて、形容詞・形容動詞です」對於某件事的感想，形容「好、好」或「不好、不好」時，第一個形容詞變化為連用形連結。後面的形容語句可是形容詞或形容動詞。而第一個形容語句若是形容動詞時，成為「形容動詞で、形容詞です」。

「慣れましたか」：動詞「慣れる」的過去式疑問句。

26 ［名詞］が要ります。

例文

ここに入るにはチケットが要ります。

この店は予約が要ります。

契約するには保証人が要ります。

この服はもう要りません。

飲み物が要りますか。

単語				
身分証	招待状	印鑑	靴	会員カード

会話

A：図書館で本が借りたいです。

B：図書カードが要りますよ。

A：まだ持っていません。

B：早速作りましょう。

26 需要〔＋名詞〕。

例句

進入這裡需要門票。

這家店需要預約。

訂契約需要保證人。

這件衣服已經不需要了。

需要飲料嗎？

身份證	招待券	印章	鞋子	會員卡

會話

A：想在圖書館借書。

B：需要借書證哦。

A：還沒辦。

B：快一點辦吧。

解說

「名詞が要ります」表示需要名詞所表示的事物。

「もう」表示某件事情早已成為過去的事。

「要りますよ」向對方強調表達自己的主張時，使用終助詞「よ」。

「早速」立刻。

27 もう…です。

例文

29-00:08

もう お昼(ひる)です。

もうこんな時間(じかん)です。

郭(かく)さんはもう 40 歳(さい)です。

もう終(お)わりですか。

もう 10 年(ねん)です。

単語				
12時(じ)	帰(かえ)る時間(じかん)	おじさん	無(な)い	長(なが)い

会話

29-00:48

A：鈴木(すずき)さん、お昼(ひる)ご飯(はん)を食(た)べましょう。

B：えっ、もうそんな時間(じかん)ですか。

A：はい。もうお昼(ひる)ですよ。

B：時間(じかん)がたつのはあっという間(ま)ですね。

27 已經…了。

例句

已經中午了。

已經這麼晚了。

郭小姐已經40歲了。

已經結束了嗎？

已經10年了。

12點	回家時間	叔叔	沒有	長的

會話

A：鈴木小姐去吃午飯吧。

B：ㄟ，已經到時間了啊。

A：是啊。已經中午了。

B：一轉眼時間就過了哦。

解說

「もう」表示某件事情或時間已經過去，並達到了某種程度。

「こんな時間」訝異在不知不覺中預定做某件事的時間已經到了。

「もう10年です」表示已經第10年了。

「あっという間」表示時間過得很快，一瞬間就過去了。

28 ［名詞］ができます。

例文

30-00:08

私（わたし）は車（くるま）の運転（うんてん）ができます。

私（わたし）はフランス語（ご）ができます。

彼（かれ）は編（あ）み物（もの）ができます。

陳（ちん）さんはサーフィンができます。

川村（かわむら）さんはピアノを弾（ひ）くことができます。

単語

バイク	刺（し）しゅう	ロシア語（ご）
馬（うま）に乗（の）ること	作曲（さっきょく）すること	

会話

30-00:57

A：楊（よう）さん、今度（こんど）日本（にほん）にスキーに行（い）きませんか。

B：でも、私（わたし）はスキーができませんよ。

A：大丈夫（だいじょうぶ）ですよ。私（わたし）が教（おし）えます。

B：じゃあ、よろしくお願（ねが）いします。

28 會〔＋名詞〕。

例句

我會開車。

我會法語。

他會編織。

陳先生會衝浪。

川村小姐會彈鋼琴。

摩托車	刺繡	俄語	騎馬	作曲

會話

A：楊小姐下次去日本滑雪吧。

B：但是我不會滑雪呦。

A：沒問題的。我教你。

B：那就拜託你了。

解說

「名詞ができます」表示有能力實行名詞所指示的事件而言。以「…ること」表現的名詞句對於內容的說明更詳細。

「今度」下次的機會。

「でも」逆接的接續語。

29 確か…だったと思います。

例文

31-00:08

テストは確か来週だったと思います。

呉さんは、確かアメリカ生まれだったと思います。

あの店は確かこの辺だったと思います。

おとといは確か休日だったと思います。

田中さんは20年前、確かまだ学生だったと思います。

単語				
次の月曜日	カナダ育ち	会社の近く	出張	赤ちゃん

会話

31-01:08

A：山本さん、奥さんの誕生日はいつですか。

B：妻の誕生日ですか…。

A：え？覚えてないんですか。

B：覚えてますよ。確か4月16日だったと思います。

29 我確定是…。

例句

我確定考試是下星期。

我確定吳小姐是在美國出生的。

我確定那間店在這附近。

我確定前天是放假日。

我確定田中先生20年前還是個學生。

下個星期一	在加拿大長大	公司附近	出差	嬰孩

會話

A：山本先生，你太太的生日是什麼時候呢？

B：我太太的生日嗎？

A：咦？不記得嗎？

B：記得呦。確定是4月16日。

解說

「確か…だったと思います」表示根據自己的記憶不能確定的判斷。

「アメリカ生まれ」：以「名詞（地名）生まれ」表示出生地。

「この辺」表示位於說話者所在之處的附近。

「おととい」兩天前。

30 ［名詞（人名／代名詞）］は［名詞（人名／身分）］ですか。

例文

32-00:08

あなたは日本人(にほんじん)ですか。

あなたは社員(しゃいん)ですか。

あなたは佐藤(さとう)さんですか。

田中(たなか)さんは留学生(りゅうがくせい)ですか。

あなたのお仕事(しごと)は何(なん)ですか。

単語				
高校生(こうせい)	木村(きむら)さん	台湾人(たいわんじん)	夜間学校生(やかんがっこうせい)	お名前(なまえ)

会話

32-00:58

A：すいません、あなたのお名前(なまえ)は何(なん)ですか。

B：鈴木(すずき)といいます。

A：鈴木(すずき)さんは学生(がくせい)ですか。

B：いいえ。

30 〔名詞〕（人名／代名詞）＋〕是〔＋名詞（人名／身分）〕嗎？

例句

你是日本人嗎？
你是公司職員嗎？
你是佐藤先生嗎？
田中小姐是留學生嗎？
你的工作是什麼呢？

替換單字				
高中生	木村先生（小姐）	台灣人	夜間部學生	名字

會話

A：對不起，你的名字是什麼？
B：我叫鈴木。
A：鈴木先生是學生嗎？
B：不是。

解說

「お仕事」是名詞「仕事」加上「お」，表示向對方表達敬意。
「すいません」用於開口向陌生人詢問請教前。
「名詞（人名）といいます」用於說出姓名時。
「お名前」是名詞「名前」加上「お」，表示向對方表達敬意。

31 ［名詞］を［動詞］ませんか。

例文

33-00:08

いっしょにお茶(ちゃ)を飲(の)みませんか。

日曜日(にちようび)、遊びに行(い)きませんか。

新しいレストランに行(い)ってみませんか。

みんなでいっしょに写真(しゃしん)を撮(と)りませんか。

6時(じ)に駅前(えきまえ)で会(あ)いませんか。

単語		
ご飯(はん)を食(た)べます	家(うち)に来(き)ます	喫茶店(きっさてん)
バスケットボールをします		学校(がっこう)の門(もん)の前(まえ)

会話

33-01:00

A：佐藤(さとう)さん、家(うち)の近(ちか)くに新(あたら)しいデパートができました。

B：そうですか。大(おお)きいですか。

A：はい。今度(こんど)いっしょに行(い)きませんか。

B：いいですね。行(い)きましょう。

31 〔名詞＋動詞〕吧。

例句

一起去喝茶吧。
星期天一起去玩吧。
一起去新的餐廳吧。
大家一起照相吧。
6點在車站前見面吧。

吃飯	來家裡	飲茶店	打籃球	學校門前

會話

A：佐藤小姐，我家附近蓋了新的百貨公司。
B：是嘛。很大嗎？
A：是啊。下次一起去看看吧。
B：好啊。去吧。

解說

「動詞＋ませんか」是「動詞＋ます」的變化。表示勸誘，和「動詞ましょう」的意思相同。「動詞ませんか」為考慮到聽者的心情，比較客氣的說法。
「行ってみませんか」「動詞連用形＋みる」表示想要經歷一下。
「名詞ができました」表示完成了名詞所表示的事物。

32 ［名詞］は日本語（にほんご）で何（なん）ですか。

例文

34-00:08

これは日本語（にほんご）で何（なん）ですか。

「過年」は日本語（にほんご）で何（なん）ですか。

「計程車」は日本語（にほんご）で何（なん）ですか。

MRT は日本語（にほんご）で何（なん）ですか。

「算命」は日本語（にほんご）で何（なん）ですか。

単語		
エスカレーター	大家（おおや）（さん）	小銭（こぜに）
味噌汁（みそしる）	水餃子（すいぎょうざ）	

会話

34-01:12

A：鈴木（すずき）さん、「過年」は日本語（にほんご）で何（なん）ですか。

B：「過年」は、ええと…、旧正月（きゅうしょうがつ）です。

A：そうですか。ありがとうございます。

B：いいえ。どういたしまして。

32 日文怎麼說〔＋名詞〕呢？

例句

這個日文怎麼說？
過年日文怎麼說？
計程車日文怎麼說？
MRT日文怎麼說？
算命日文怎麼說？

電扶梯	房東	零錢	味噌湯	餃子

會話

A：鈴木小姐，「過年」日文怎麼說？
B：過年，嗯…「舊正月」。
A：是嘛。謝謝。
B：不，不客氣。

解說

「名詞は日本語で何ですか」詢問關於名詞，若用日文應當如何說。
「旧正月」農曆的1月1日。日本的過年是西曆的元旦。
中文的「餃子」日語稱作「水餃子」。日語中的餃子指的是鍋貼。

33 ［名詞］へはどうやって行(い)きますか。

例文

台北(タイペイ) 101 ビルへはどうやって行(い)きますか。

故宮(こきゅう)へはどうやって行(い)きますか。

東京(とうきょう)タワーへはどうやって行(い)きますか。

表参道(おもてさんどう)ヒルズへはどうやって行(い)きますか。

お台場(だいば)へはどうやって行(い)きますか。

単語				
台北駅(タイペイえき)	愛河(あいかわ)	太魯閣(タロコ)	大阪城(おおさかじょう)	金閣寺(きんかくじ)

会話

A：すいません。

B：はい。

A：台北(タイペイ) 101 ビルへはどうやって行(い)きますか。

B：あのバス停(てい)からバスで台北市役所(タイペイしやくしょ)まで行(い)くとすぐです。

33 要怎樣去〔＋名詞〕呢？

例句

要怎樣去台北101呢？
要怎樣去故宮呢？
要怎樣去東京鐵塔呢？
要怎樣去表參道之丘呢？
要怎樣去台場呢？

台北車站	愛河	太魯閣	大阪城	金閣寺

會話

A：對不起。
B：嗨。
A：要怎樣去台北101呢？
B：從巴士站搭巴士到台北市政府，走路就會到。

解說

「名詞（場所）へはどうやって行きますか」詢問如何前往某場所的方法。
「バスで」表示搭乘巴士。
「市役所まで行くとすぐ」表示一到達市政府站，目的地就在附近。

34 ［動詞］てもいいですか。

例文

36-00:08

ここで写真（しゃしん）をとってもいいですか。

タバコを吸（す）ってもいいですか。

トイレに行（い）ってもいいですか。

電話（でんわ）をしてもいいですか。

ちょっと買（か）い物（もの）してもいいですか。

単語		
ここに入（はい）ります	泳（およ）ぎます	これを食（た）べます
これに触（さわ）ります	試着（しちゃく）します	

会話

36-00:56

A：すいません。

B：はい。

A：このパンフレットをもらってもいいですか。

B：いいですよ。どうぞ。

34 可以〔＋動詞〕嗎？

例句

可以在這裡照相嗎？

可以在這裡抽菸嗎？

可以上洗手間嗎？

可以打電話嗎？

可以去買一下東西嗎？

從這裡進去	游泳	吃這個	碰觸這個	試穿

會話

A：對不起。

B：嗨。

A：可以拿這份簡章嗎？

B：可以，請拿。

解說

「動詞連用形＋もいいですか」請求得到許可。

「もらってもいいですか」表示請求他人給予自己某樣東西。

「いいですよ。どうぞ。」答應他人提問請求給予某物的回答。

35 [名詞]と[名詞]、どちらが[形容詞]ですか。

例文

37-00:08

この映画(えいが)とあの映画(えいが)、どちらが面白(おもしろ)いですか。

このレストランとあのレストラン、どちらがおいしいですか。

台中(たいちゅう)まで、バスと電車(でんしゃ)、どちらが早(はや)いですか。

大阪(おおさか)と東京(とうきょう)、どちらが好(す)きですか。

東京(とうきょう)と台北(タイペイ)、どちらがにぎやかですか。

単語

漫画(まんが)	緑茶(りょくちゃ)とウーロン茶(ちゃ)	新幹線(しんかんせん)と飛行機(ひこうき)
雨(あめ)の日(ひ)と晴(は)れの日(ひ)	人(ひと)が多(おお)い	

会話

37-01:10

A：田中(たなか)さん、こんにちは。暑(あつ)いですね。

B：こんにちは。そうですね。

A：そうだ。田中(たなか)さん、日本(にほん)と台湾(たいわん)、どちらが暑(あつ)いですか。

B：そうですね…。台湾(たいわん)のほうが暑(あつ)いですね。

35 〔名詞〕和〔名詞〕，哪一個〔＋形容詞〕呢？

例句

這一部和那一部電影，哪一部有趣呢？

這一家和那一家餐廳，哪一家好吃呢？

坐到台中，巴士和高鐵哪一種快呢？

大阪和東京喜歡哪一邊呢？

東京和台北哪一邊比較熱鬧呢？

漫畫	綠茶和烏龍茶	新幹線和飛機	雨天和晴天	人潮多

會話

A：田中小姐，妳好。很熱哦。

B：你好。是啊。

A：對了。田中小姐，日本和台灣哪一邊熱呢？

B：哦…，台灣比較熱。

解說

「名詞と名詞、どちらが形容詞ですか」表示兩個名詞比較，詢問選擇哪一個時。

「そうだ。」突然想起某事，在詢問時起頭時使用的話語。

「台湾のほうが」兩樣東西做選擇，決定選出的一方，在名詞加上「のほう」。

36 いつですか。

例文

38-00:08

この歌手(かしゅ)のコンサートはいつですか。

出発(しゅっぱつ)はいつですか。

タイに旅行(りょこう)に行(い)くのはいつですか。

紅葉(こうよう)がきれいな季節(きせつ)はいつですか。

特別列車(とくべつれっしゃ)の切符(きっぷ)の発売日(はつばいび)はいつですか。

単語		
サイン会(かい)イベント	帰国(きこく)	台南(たいなん)に遊(あそ)びに行(い)く
桜(さくら)が咲(さ)く	チケット	

会話

38-00:55

A：木村(きむら)さんが日本(にほん)に帰(かえ)るのはいつですか。

B：12月(がつ)の終(お)わりです。

A：寂(さび)しくなりますね。

B：また帰(かえ)ってきます。

36 什麼時候呢？

例句

這個歌手的音樂會在什麼時候呢？
什麼時候出發呢？
什麼時候去泰國旅行呢？
紅葉最漂亮的季節是什麼時候呢？
特別列車什麼時候賣票呢？

簽名會活動	回國	去台南玩	櫻花開	門票

會話

A：木村小姐什麼時候回日本呢？
B：12月底。
A：妳不在會很冷清的。
B：我還會回來。

解說

「いつですか」詢問日期時使用。可以詳細回答幾月幾日，或是約略的上、中、下旬。
「12月の終わり」也就是「12月末」。
「寂しくなります」表示將會感到孤單寂寞。
「また」再次。

37 …はいくらですか。

例文

39-00:08

これはいくらですか。

この携帯（けいたい）のストラップはいくらですか。

そのカバンはいくらですか。

5個（こ）ではいくらですか。

この1割引（わりびき）の値段（ねだん）はいくらですか。

単語			
あれ	あの帽子（ぼうし）	あの薬（くすり）	10個（こ）で
20パーセント割引（わりび）き			

会話

39-01:51

A：すいません、そのカメラを見（み）せてください。

B：はい、どうぞ。

A：このカメラはいくらですか。

B：6万円（まんえん）です。

37 …多少錢呢？

例句

這個多少錢呢？

這個多少錢呢？

這個皮包多少錢呢？

5個多少錢呢？

這個九折是多少錢呢？

那個	那個帽子	那種藥	10個總共	八折

會話

A：對不起。請讓我看一下那個照相機。

B：嗨，請看。

A：…這個照相機多少錢呢？

B： 6萬日圓。

解說

「…はいくらですか」用於詢問主題所指示之物的價格。

「5個で」：「で」助詞，接續在價格數量之後。

「割引」表示折扣價。「1割引き」表示扣除價格的10%。

38 ［名詞（場所）］から来（き）ました。

例文

40-00:08

田中（たなか）です。東京（とうきょう）から来（き）ました。

陳（ちん）です。嘉義（かぎ）から来（き）ました。

会社（かいしゃ）から来（き）ました。

許（きょ）さんは高雄（たかお）の工場（こうじょう）から来（き）ました。

新（あたら）しい社長（しゃちょう）はアメリカから来（き）ました。

単語	名古屋（なごや）	桃園（とうえん）	出張（しゅっちょう）	彰化（しょうか）の支社（ししゃ）	ドイツ

会話

40-00:57

A：山田（やまだ）さんはどこから来（き）ましたか。

B：東京（とうきょう）です。

A：出身（しゅっしん）は東京（とうきょう）ですか。

B：いいえ。横浜（よこはま）です。

38 從〔＋名詞（場所）〕來的。

例句

我是田中。從東京來的。

我姓陳。從嘉義來的。

我從公司來的。

許先生從高雄工廠來的。

新社長從美國來的。

名古屋	桃園	出差地	彰化的分公司	德國

會話

A：山田小姐從哪裡來的呢？

B：東京。

A：妳是東京出身的嗎？

B：不，橫濱。

解說

「名詞（場所）から来ました」：助詞「から」接續在表示場所的名詞之後，表示出發地點。

「出身は名詞（場所）ですか」詢問生長的地方時使用。

39 ［名詞］は［名詞（場所）］にあります。

例文

41-00:08

トイレは廊下(ろうか)の奥(おく)にあります。

電話(でんわ)はエスカレーターのそばにあります。

郵便局(ゆうびんきょく)はMRTの駅(えき)の近(ちか)くにあります。

薬局(やっきょく)はここからまっすぐ行(い)ったところにあります。

バス停(てい)はこの道(みち)の向(む)こう側(がわ)にあります。

単語		
突(つ)き当(あ)たり	エレベーター	スーパー
銀行(ぎんこう)	反対側(はんたいがわ)	

会話

41-01:03

A：すいません。コンビニはどこにありますか。

B：コンビニはその交差点(こうさてん)を右(みぎ)に曲(ま)がったところにあります。

A：交差点(こうさてん)を右(みぎ)ですか。

B：はい。

39〔名詞〕是在〔＋名詞〕（場所）〕。

例句

廁所在走道盡頭。

電話在電扶梯的旁邊。

郵局在捷運站附近。

藥局在從這裡直走的地方。

巴士站在馬路的對面方向。

（走到）盡頭	電梯	超市	銀行	相反方向、對面

會話

A：對不起。哪裡有便利商店呢？

B：便利商店在十字路口右轉的地方。

A：十字路口右轉嗎？

B：是的。

解說

「名詞は名詞（場所）にあります」表示主題所提示的事物所存在的地方。「にあります」使用於無生物的存在。

「まっすぐ行ったところ」直走往前的地方。「向こう側」對面的方向。「コンビニ」是コンビニエンスストア（便利商店）的簡稱。「交差点を右に曲がる」：「（場所）を（方向）に（移動の動詞）」表示從某場所定點往某方向移動。

40 [名詞（場所）] に [名詞] があります。

例文

42-00:08

この先（さき）に駐車場（ちゅうしゃじょう）があります。

デパートにワインがあります。

中正紀念堂（ちゅうせいきねんどう）にコンサートホールがあります。

テーブルの上（うえ）に黄（こう）さんのコップがあります。

机（つくえ）の引（ひ）き出（だ）しにちり紙（がみ）があります。

単語		
病院（びょういん）	輸入食品（ゆにゅうしょくひん）	演劇（えんげき）ホール
食器棚（しょっきだな）	カバンの中（なか）	

会話

42-01:02

A：台湾（たいわん）のお土産（みやげ）を買（か）いたいです。

B：駅（えき）の地下街（ちかがい）にお土産屋（みやげや）がありますよ。

A：そうですか、じゃあ、今（いま）から行（い）きませんか。

B：行（い）きましょう。

40 在〔+名詞〕（場所）有〔+名詞〕。

例句

在這前面有停車場。

百貨公司有賣酒類。

中正紀念堂裡有音樂廳。

桌上有黃先生的杯子。

抽屜裡有衛生紙。

醫院	進口食品	戲劇廳	廚櫃	皮包裡

會話

A：我想買台灣的土產。

B：車站的地下街有土產店。

A：是嘛。那就現在去吧。

B：走吧！

解說

「名詞（場所）に名詞があります」表示名詞所指示的東西存在某場所。

「デパートにワインがあります」：「名詞（場所）に名詞があります」可以表示商店裡有販賣名詞所指示的東西。

「引き出し」可以活動收存東西的抽屜。

41 ［名詞（場所）］で、［名詞］があります。

例文

43-00:08

CDショップで歌手(かしゅ)のサイン会(かい)があります。

西門町(せいもんちょう)でイベントがあります。

デパートでオープン記念(きねん)セールがあります。

頼(らい)さんの家(うち)でパーティーがあります。

台北(タイペイ)でランタン祭(まつ)りがあります。

単語				
台北駅(タイペイえき)の前(まえ)	台北市役所(タイペイしやくしょ)の広場(ひろば)	特売会(とくばいかい)	ホテル	台中(たいちゅう)

会話

43-01:01

A：山本(やまもと)さん、来週(らいしゅう)、演劇(えんげき)ホールで京劇(きょうげき)の公演(こうえん)がありますよ。

B：本当(ほんとう)ですか！行(い)きたいなあ。

A：じゃあ、私(わたし)がチケットを予約(よやく)してあげます。

B：ありがとう！

41 在〔＋名詞〕（場所）有〔＋名詞〕。

例句

在CD店有歌手的簽名會。

在西門町有活動。

百貨公司有開幕紀念拍賣。

賴小姐家中有派對。

台北有元宵節活動。

替換單字				
台北車站前	台北市政府廣場	特賣會	旅館	台中

會話

A：山本小姐，下星期戲劇廳有平劇的演出。

B：真的嗎？好想去哦。

A：那我就幫妳預約吧。

B：謝謝！

解說

「名詞（場所）に名詞 があります」表示在某地有某件舉行。

「行きたいなあ」：動詞「行きたい」表示期望。接續助詞「なあ」表示期望的心情更強。

「予約してあげます」：「動詞連用形＋あげます」表示説話者為了聽者或第三者的利益親自動手作事。

42 ［名詞］は［名詞（場所）］にいます。

例文

44-00:08

パンダは東京（とうきょう）の動物園（どうぶつえん）にいます。

葉（よう）さんはまだ会社（かいしゃ）にいます。

私（わたし）は今（いま）、台中（たいちゅう）のホテルにいます。

田村（たむら）さんはあそこにいます。

山本（やまもと）さんは中（なか）にいます。

単語	コアラ	駅（えき）	バスターミナル	そこ	外（そと）

会話

44-00:57

A：もしもし。張（ちょう）さんですか。山田（やまだ）です。

B：もしもし、山田（やまだ）さん、どこにいますか。

A：私（わたし）は今（いま）、高雄（たかお）のホテルにいます。

B：出張（しゅっちょう）ですか。

42 〔名詞＋〕在〔＋名詞（場所）〕。

例句

東京的動物園有貓熊。

葉先生還在公司。

我現在在台中的飯店。

田村小姐在那裡。

山本先生在裡面。

無尾熊	車站	巴士總站	那裡	外面

會話

A：喂喂，張先生嗎？我是山田。

B：喂喂，山田先生你在哪裡？

A：我現在在高雄的旅館。

B：出差嗎？

解說

「名詞は名詞（場所）にいます」表示人或生物存在的場所。

「中にいます」表示在建築物或房屋之中。

「もしもし」在電話中呼叫對方注意時的用話。

「どこにいますか」尋問對方的所在地。

43 ［名詞（場所）］で［動詞］ます。

例文

45-00:08

夕食は外で食べます。

図書館で勉強します。

会議室で昼寝します。

喫茶店で手紙を書きます。

道ばたでバーベキューをします。

単語		
朝食	友達の家	食事します
インターネットをします		屋上

会話

A：佐藤さん、今晩一緒に食事しませんか。

B：すいません。今日、夕食は家で食べます。

A：そうですか。残念ですね。

B：すいません、また今度お願いします。

43 在〔＋名詞〕（場所）〔＋動作動詞〕。

例句

晚餐在外面吃。

在圖書館唸書。

在會議室午睡。

在咖啡店寫信。

在路旁烤肉。

早餐	朋友的家	用餐	上網連線	屋頂

會話

A：佐藤小姐今晚一起吃飯吧！

B：對不起。今天晚餐在家裡吃。

A：是嘛。真遺憾。

B：對不起。下次囉。

解說

「名詞（場所）で＋動詞 連用形ます」表示作動作的場所。

「道ばた」路邊。

「すいません」拒絕對方的要求或邀請時的道歉用語。

「また今度お願いします」拒絕的邀請，但卻不想讓對方有不好受時使用。

44 ［動詞］前に…。

例文

46-00:08

寝る前に着替えます。

出かける前に窓を閉めます。

来る前に買い物しました。

旅行する前にパスポートを取ります。

日本へ行く前に日本語を勉強します。

単語

トイレに行きます	電気を消します	食事をしました
飛行機のチケットを買う		留学する

会話

46-01:01

A：木村さん、中国語が上手ですね。

B：ありがとうございます。

A：中国語を勉強しましたか。

B：台湾に来る前に中国語を勉強しました。

〔動詞＋〕之前…。

例句

睡覺前換衣服。

出門前關窗子。

來之前買了東西。

旅行前辦理護照。

去日本之前學日語。

替換單字				
上廁所	關掉電源	吃過飯	買飛機票	留學

會話

A：木村小姐，中文很好耶。

B：謝謝。

A：你有學中文嗎？

B：來台灣之前學了中文。

解說

「動詞前に」表示某個動作之前，先要進行「前に」後面的動作。

「上手」擅長。

45 ［名詞］の後で…。

例文

47-00:08

食事の後でコーヒーを飲みます。

仕事の後で連絡します。

お風呂の後で電話します。

自分の将来は試験の後で考える。

買い物の後で、傘がない事に気がついた。

単語				
散歩します	休暇	お酒を飲みます	卒業	車

会話

47-01:02

A：もしもし、陳さんですか。

B：すいません、今会議中です。会議の後で電話します。

A：はい。すいませんでした。

B：いいえ。それじゃあ、また。

45 〔名詞＋〕之後…。

例句

飯後喝咖啡。

工作後再連絡。

洗過澡再打電話。

考試之後再考慮自己的將來。

買了東西之後，才發現傘不見了。

散步	休假	喝酒	畢業	車子

會話

A：喂喂。陳小姐嗎？

B：對不起，現在在開會。結束後請再打電話。

A：好。打擾了。

B：不會。再見。

解說

「名詞の後で」表示在名詞的動作之後另有動作。而這動作通常是在名詞的動作之後馬上進行。

46 ［動詞］てみましょう

例文

48-00:08

先生に聞いてみましょう。

いくらあるか計算してみましょう。

新メニューですね。食べてみましょう。

とりあえず、やってみましょう。

試しに作ってみましょう。

単語	質問します	数えます	飲みます	試します	行きます

会話

48-00:55

A：料理の本を買いました。

B：どれもおいしそうですね。

A：ひとつ、作ってみましょう。

B：手伝います。

46 〔動詞＋〕看看吧！

例句

去問老師吧！

算一算有多少吧！

新的菜單哦。吃吃看吧！

總之，做做看吧！

試著做做看吧！

詢問	數一數	喝	試一試	前去

會話

A：我買了食譜。

B：每一樣看來都很好吃的樣子。

A：做一道看看。

B：我來幫忙。

解說

「動詞連用形＋みましょう」表示嘗試經歷看看。

「とりあえず」表示總而言之，開始的意思。

「新メニュー」新的菜單。

「手伝います」幫助他人手上的工作。

47 ［動詞］たことがあります。

例文

49-00:08

日本(にほん)に行(い)ったことがあります。

新幹線(しんかんせん)に乗(の)ったことがあります。

刺(さ)し身(み)を食(た)べたことがあります。

授業中(じゅぎょうちゅう)、居眠(いねむ)りをしたことがあります

あの歌手(かしゅ)のコンサートに行(い)ったことがあります。

単語

住(す)みます	飛行機(ひこうき)	納豆(なっとう)
電話(でんわ)で話(はな)します	ダンスの公演(こうえん)	

会話

A：劉(りゅう)さん、馬(うま)に乗(の)ったことがありますか。

B：ありません。

A：気持(きも)ちいいですよ。

B：すごいですね。

曾經〔＋動詞〕過。

例句

曾經去過日本。

曾經坐過新幹線。

曾經吃過生魚片。

上課時曾經打過瞌睡。

曾經去過那個歌手的音樂會。

替換單字				
居住	飛機	納豆	用電話說	舞蹈的公演

會話

A：劉小姐妳騎過馬嗎？

B：沒有。

A：很舒服哦。

B：真了不起。

解說

「動詞連用形過去＋ことがあります」表示動作、行為的經驗。

「居眠り」坐著睡著了。

「すごいですね」表示驚訝、感嘆。

48 ［動詞］ています。

例文

田中(たなか)さんは今(いま)、ご飯(はん)を食(た)べています。

佐藤(さとう)さんはまだ寝(ね)ています。

雨(あめ)が降(ふ)っています。

鄭(てい)さんは結婚(けっこん)しています。

兄(あに)は貿易会社(ぼうえきがいしゃ)で働(はたら)いています。

単語		
本(ほん)を読(よ)みます	会社(かいしゃ)にいます	太陽(たいよう)が出(で)ます
中和(ちゅうわ)に住(す)みます	電子部品製造会社(でんしぶひんせいぞうがいしゃ)	

会話

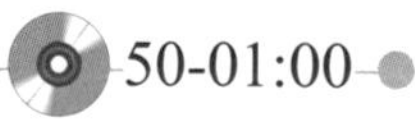

A：郭(かく)さんがいませんね。どうしましたか。

B：郭(かく)さんは今(いま)、電話(でんわ)をしています。

A：そうですか。では少(すこ)し待(ま)ちましょう。

B：はい。

48 現在在〔＋動詞〕。

例句

田中先生現在在吃飯。

佐藤小姐還在睡覺。

現在在下雨。

鄭先生結婚了。

我哥哥在貿易公司工作。

看書	在公司	太陽出來了	住在中和	電子零件製造公司

會話

A：郭小姐不在呦。怎麼了？

B：郭小姐正在打電話。

A：是嘛。那我就等一下。

B：是啊。

解說

「動詞連用形います」這個句型表示某個動作現在正在進行，或某個動作的結果是持續的狀態，以及表現職業、身份的時候使用。「結婚しています」表示已經是結婚而且婚姻狀態都還持續著。

49 ［動詞］るところです。

例文

51-00:08

今、出かけるところです。

電話をするところです。

これからお風呂に入るところです。

ちょうど、食事をするところです。

今、帰るところです。

単語

テレビを見ています		買い物に行きます
寝ます	会議が始まります	記者会見が始まる

会話

51-00:55

A：もしもし、木村さん？ちょっと質問があるんですけど。

B：黄さんですか。すいません、今出かけるところです。

A：そうですか。それじゃあ、また後で電話します。

B：すいません。

49 現在正要〔＋動詞〕。

例句

現在正要出門。

現在正在打電話。

正要去洗澡。

現在正在吃飯。

現在正要回家。

正在看電視	正在買東西	睡覺	會議開始	記者會開始

會話

A：喂喂，木村小姐？我想問妳一下。

B：黃先生嗎？對不起，我現在正要出門。

A：是嘛。那我就待會兒再打電話來。

B：對不起。

解說

「動詞辭書形ところ」表示動作現在正在進行的樣子。

「これから」從此以後。

「ちょうど」正當現在。

「ちょっと」稍微、簡單地。

50 ［動詞］ながら［動詞］ます。

例文

52-00:08

朝(あさ)、新聞(しんぶん)を読(よ)みながら食事(しょくじ)をします。

気分(きぶん)がいいので歌(うた)いながら歩(ある)きます。

コーヒーを飲(の)みながら仕事(しごと)をします。

おしゃべりしながら散歩(さんぽ)します。

ラジオを聴(き)きながらお風呂(ふろ)に入(はい)ります。

単語

テレビを見(み)ます	音楽(おんがく)を聴(き)きます	雑誌(ざっし)を読(よ)みます
写真(しゃしん)を撮(と)ります	勉強(べんきょう)します	

会話

52-01:02

A：あれ、許(きょ)さんじゃないですか。

B：山田(やまだ)さん、お久(ひさ)しぶりです。元気(げんき)ですか。

A：お陰(かげ)さまで。そうだ、お酒(さけ)でも飲(の)みながら話(はな)しませんか。

B：いいですね。行(い)きましょう！

50 一邊〔+動詞〕，一邊〔+動詞〕。

例句

早上一邊看報紙一邊吃早餐。

心情好所以邊走路邊唱歌。

邊喝咖啡邊工作。

邊散步邊說話。

邊聽收音機邊洗澡。

看電視	聽音樂	看雜誌	照相	學習

會話

A：啊，妳不是許小姐嗎？

B：山田先生，好久不見。你好嗎？

A：託妳的福。對了，邊喝酒邊聊聊吧。

B：好啊，走吧！

解說

「動詞連用形ながら動詞連用形ます」進行某個動作時，也一起進行其他的動作。「ながら」的後面接續的動作、行為是主要的行為。

「気分がいい」心情愉快的樣子。

「お久しぶりです」遇到有一段時間沒見面的人，所說的問候語。

「お陰さまで」：回答「お元気ですか」的提問時的習慣用法。

51 ［動詞］ついでに…。

例文

53-00:08

散歩したついでに焼き芋を買ってきました。

銀行に行くついでに、牛乳を買ってきてください。

台北に来たついでに、昔の友達と会いました。

コンビニで弁当を買うついでに電話料金を払いました。

お風呂に入ったついでに洗濯をしました。

単語

お金を下ろしてきました	会社から帰ります
パイナップルケーキを買いました	ファクスを送りました
風呂場の掃除をしました	

会話

53-01:11

A：楊さん、日本に旅行に行くんですか？

B：はい。

A：じゃあ、悪いけど、旅行のついでに MP3 を買ってきてくれませんか。

B：いや、それはちょっと…。

51 順便〔＋動詞〕。

例句

散步之後，順便去買烤蕃薯。

請你去銀行後，順便買罐牛奶回來。

去台北順便去看以前的朋友。

在便利商店買便當，順便付電話費。

進去洗澡，順便洗衣服。

領錢	從公司回家	買了鳳梨蛋糕	傳送傳真	打掃浴室

會話

A：楊小姐，妳要去日本嗎？

B：是的。

A：不好意思，請你旅行時順便幫我買MP3。

B：呀，那有點…。

解說

「動詞辞書形・辞書形過去ついでに」表示利用某件事情的機會，順便做別的事情。

「悪いけど」用於有事想要請求別人幫忙時。

「お金を下ろしてきた」從銀行領錢出來。

「買ってきてくれませんか」請求聽者為自己購買某物時的說法。

「それはちょっと…」婉轉拒絕對方的邀請或請求時使用。

52 [動詞] てから…。

例文

54-00:08

ご飯(はん)を食(た)べてから歯(は)を磨(みが)きます。

彼氏(かれし)に電話(でんわ)してから寝(ね)ます。

資料(しりょう)を読(よ)んでからレポートを書(か)きます。

これからのことは仕事(しごと)を辞(や)めてから考(かんが)えます。

弁当(べんとう)を食(た)べてから気分(きぶん)が悪(わる)くなった。

単語		
顔(かお)を洗(あら)います	メールを書(か)きます	休憩(きゅうけい)します
故郷(こきょう)に帰(かえ)ります	車(くるま)に乗(の)ります	

会話

54-01:02

A：これからどうしますか。

B：ご飯(はん)を食(た)べてから家(うち)に帰(かえ)ります。

A：そうですか。じゃ、気(き)をつけて。

B：はい。じゃまた明日(あした)。

52 〔動詞＋〕之後…。

例句

吃過飯後刷牙。

打電話給男朋友之後才睡覺。

看完資料之後寫報告。

以後的事辭掉工作之後才考慮。

吃過便當之後，身體不舒服。

替換單字				
洗臉	寫電子信	休息	回故鄉	坐車

會話

A：等一下要做什麼呢？

B：吃過飯之後才回家。

A：是嘛。那就路上小心。

B：好，明天見。

解說

「動詞連用形から」：「…をした後で」的意思。「から」之前的動作、行為先完成之後才進行「から」之後的事情。

「気をつけて」對於將移動所在的聽者體貼關心的話語。

53 ［動詞］てばかりいます。

例文

55-00:08

彼(かれ)はいつも食(た)べてばかりいます。

木村(きむら)さんは暇(ひま)があれば寝(ね)てばかりいます。

陳(ちん)さんは休(やす)みの日(ひ)に家(いえ)で本(ほん)を読(よ)んでばかりいます。

田中(たなか)さんは最近失敗(さいきんしっぱい)してばかりいます。

私(わたし)の子(こ)どもは勉強(べんきょう)しないで遊(あそ)んでばかりいます。

単語

お酒(さけ)を飲(の)みます	DVDを見(み)ます	釣(つ)りをします
失恋(しつれん)します	テレビゲームをします	

会話

55-01:07

A：郭(かく)さん、どうしたんですか。

B：最近(さいきん)、忙(いそが)しくて、仕事(しごと)してばかりいます。

A：でも、働(はたら)いてばかりは体(からだ)によくないですよ。

B：そうですね。

53 總是一直在〔＋動詞〕。

例句

他總是一直在吃。

木村先生一有空總是一直在睡。

放假日陳小姐在家裡總是一直在看書。

田中先生最近老是一直在失敗。

我的孩子不唸書總是一直在玩。

喝酒	看DVD	釣魚	失戀	玩電玩

會話

A：郭小姐，怎麼了？

B：最近很忙總是一直在工作。

A：但是一直工作對身體不好呦。

B：是啊。

解說

「動詞連用形＋ばかりいます」表示只做某事，其他的事沒做。

「あれば」：「ある」的假定條件形。

「体によくない」對健康不好。

54 全然…ません。

例文

56-00:08

会社に入ってから、全然運動していません。

お金がないので全然タクシーに乗っていません。

木村さんは全然タバコを吸いません。

葉さんは全然お酒を飲みません。

最近忙しくて全然映画を見ていません。

単語

彼と会います	デパートに行きます	肉を食べます
甘いものを食べます	彼女と会います	

会話

56-01:03

A：佐藤さん、少し太ったんじゃないですか。

B：え？そうですか。

A：何か運動していますか。

B：最近忙しくて、全然運動していません。

54 完全不…。

例句

來了公司之後都沒在運動。

沒有錢所以不坐計程車。

木村先生完全不抽菸。

葉小姐完全不喝酒。

最近很忙都沒看電影。

和他見面	去百貨公司	吃肉	吃甜的東西	和她見面

會話

A：佐藤小姐，是不是有點胖了？

B：耶？是嗎？

A：沒做什麼運動嗎？

B：最近很忙都沒在運動。

解說

「全然…ません」：副詞「全然」和「ない」一起使用。表示全然沒那一回事。

「太ったんじゃないですか」說話者向聽者確認自己所留意到的事。

55 ［動詞］たら、［動詞］ます。

例文

57-00:08

仕事が終わったら、すぐ行きます。

ご飯を食べたら眠くなります。

空港に着いたら電話します。

仕事が見つかったら、連絡します。

時間ができたら、旅行します。

単語

会議が終わります	つまらない映画を見ます	
ホテルに戻ります	引越しが済みます	休みがあります

会話

57-01:00

A：鈴木さんが国へ帰ってしまうのは残念ですね。

B：寂しいですね。

A：また遊びに来てくださいね。

B：日本に帰ったら手紙を書きます。

55 〔動詞＋〕的話，就〔＋動詞〕。

例句

工作結束的話，馬上去。

吃了飯就想睡。

到了機場就打電話。

找到工作的話再連絡。

有時間的話去旅行。

會議結束	看無聊的電影	回到飯店	完成搬家	有放假

會話

A：真遺憾，鈴木小姐要回國了。

B：好不習慣哦。

A：要再來玩哦。

B：回到日本的話會寫信來。

解說

「動詞過去形ら、動詞連用形ます」表示前面動詞的行為結束之後，再發生後面動詞的行為。

「時間ができる」有些許的時間。

「つまらない」沒趣。

「ホテルに戻ります」回到飯店。

「引越しが済みます」搬好家。

56 ［動詞］たばかりです。

例文

58-00:08

バスは今(いま)出(で)たばかりです。

今(いま)帰(かえ)ってきたばかりです。

ご飯(はん)を食(た)べたばかりです。

さっき話(はな)したばかりです。

このパソコンは昨日(きのう)買(か)ったばかりです。

単語

電車(でんしゃ)	来(き)ました	お酒(さけ)を飲(の)みました
聞(き)きました	先週(せんしゅう) 修理(しゅうり)しました	

会話

58-00:53

A：許(きょ)さん、ごめんなさい。待(ま)ちましたか？

B：いいえ。今(いま)来(き)たばかりです。

A：本当(ほんとう)？よかった。

B：じゃ、行(い)きましょうか。

56 才剛〔＋動詞〕。

例句

巴士才剛走。

現在剛回來。

剛吃過飯。

剛剛才說過。

這台電腦昨天剛買的。

電車	來了	喝了酒	聽見了	上星期修理了

會話

A：許小姐，對不起。讓妳等了？

B：沒有。現在剛到。

A：真的？還好。

B：那就走吧。

解說

「動詞終止形＋ばかりです」表示作了某事之後，還沒有經過多久時間。

「さっき」還沒有經過多久時間。

「本当」真的。

57 ［名詞（金銭・時間）］ぐらいかかります。

例文

59-00:08

東京(とうきょう)まで飛行機(ひこうき)で3時間(じかん)ぐらいかかります。

大阪(おおさか)まで飛行機代(ひこうきだい)が1万(まん)2千元(せんげん)ぐらいかかります。

台北(タイペイ)ドームまでバスで30分(ぷん)ぐらいかかります。

この仕事(しごと)は一(いっ)か月(げつ)ぐらいかかります。

大学(だいがく)に入(はい)るのに100万円(まんえん)ぐらいかかります。

単語				
1時間半(じかんはん)	3万円(まんえん)	歩(ある)いて5分(ふん)	半年(はんとし)	50万元(まんげん)

会話

59-01:04

A：すいません、台北駅(タイペイえき)までバス代(だい)はいくらぐらいかかりますか。

B：ええと…。30元(げん)ぐらいかかります。

A：そうですか。ありがとうございました。

B：どういたしまして。

大約要花〔＋名詞（金錢・時間）〕。

例句

坐飛機到東京大約要花3個鐘頭。

到大阪機票要1萬2千日圓左右。

坐巴士到台北巨蛋大約30分鐘。

這件工作大約需要一個月。

為了進大學大約要花100萬日圓。

替換單字				
1小時半	3萬日圓	走路5分鐘	半年	50萬日圓

會話

A：對不起，到台北車站公車票多少錢呢？

B：嗯…。30塊左右。

A：是嘛。謝謝。

B：不客氣。

解說

「名詞（金銭・時間）ぐらいかかります」詢問花費多少時間或金錢。

「飛行機代」機票錢。

「大学に入るのに」：此處的「のに」和「ために」用法一樣，表示「為了…」之意。

58 ［名詞（時間）、動詞］つもりです。

例文

明日、彼女の家に行くつもりです。

今月の終わりに、会社を辞めるつもりです。

将来、店を持つつもりです。

劉さんは日曜日、お見合いをするつもりです。

木村さんは週末、旅行をするつもりです。

単語		
会社で仕事をします	実家へ帰ります	結婚します
合コン	美容院に行きます	

会話

A：張さん、卒業したらどうしますか。

B：お店でしばらく働いて、5年ぐらいしたら独立するつもりです。

A：頑張ってくださいね。

B：ありがとうございます。

58 打算〔+動詞〕…。

例句

明天打算去她家。

這個月底打算辭職。

將來打算開店。

劉小姐星期天打算相親。

木村先生週末打算去旅行。

在公司工作	回老家	結婚	聯誼	去美容院

會話

A：張小姐，畢業後要做什麼呢？

B：打算暫時在店裡工作，大約5年之後自己獨立。

A：要加油哦。

B：謝謝。

解說

「名詞（時間）、動詞辞書形つもりです」表示心中決定的計劃或預定等等。

「会社を辞める」辭掉工作。「店を持つ」獨立出來，自己開店。

「合コン」為了結交朋友或男女朋友的聚集活動。

「しばらく」經過些許的時間。「実家」原生家庭，成長的家。

59 …どおり…。

例文

計画（けいかく）どおりに旅行（りょこう）します。

私（わたし）の言（い）ったとおりにしてください。

この地図（ちず）のとおりに行（い）けば大丈夫（だいじょうぶ）です。

使（つか）ったら元（もと）どおりにしておいてください。

テレビで見（み）たとおりの風景（ふうけい）です。

単語

スケジュールどおり	するとおり	本（ほん）に書（か）いてあるとおり
読（よ）み終（お）わった雑誌（ざっし）は	かっこいい俳優（はいゆう）	

会話

A：初（はじ）めて中国語（ちゅうごくご）を話（はな）すのは緊張（きんちょう）します。

B：大丈夫（だいじょうぶ）ですよ。さっき私（わたし）が教（おし）えたとおりに発音（はつおん）してください。

A：できるかなあ…。

B：さあ、勇気（ゆうき）を出（だ）して。

59 照著…的方式…。

例句

按照計劃去旅行。

請照著我說的去做。

照著這地圖去的話就沒問題。

使用過後請恢復原狀。

就像在電視裡看到一樣的風景。

替換單字

按照行程	如同所作的	如同書上所寫的
看完的雜誌	帥氣的男明星	

會話

A：初次說中國話很緊張。

B：沒問題。請照著我教你的方式發音。

A：我能嗎…。

B：嗨，那拿出勇氣。

解說

「…どおり」表示同樣的方式。

「元どおり」原來本有的樣子。

「さあ」督促聽者行動或發言的語氣。

「勇気を出して」鼓勵聽者的話。

60 ［名詞］までに…。

例文

木曜日までにレポートを提出してください。

明日までに仕事が終わらない。

今日のお昼までにファクスしなければなりません。

来週までに作品を完成します。

遅くても12時までに帰ってきなさい。

単語			
	明日の夕方5時	今日の退社時間	
	あさって	来月初め	食事の時間

会話

A：すいません。図書館の本はどのぐらい借りられますか。

B：2週間までです。

A：そうすると、今日借りた本は…。

B：再来週までに返してください。

60 〔名詞＋〕之前…。

例句

請星期四之前提出報告。

明天之前工作作不完。

今天中午之前必須傳真。

下星期之前完成作品。

請最晚12點之前回來。

明天傍晚5點	今天下班的時間	後天	下個月初	吃飯的時間

會話

A：對不起。圖書館的書可以借多久呢？

B： 2星期為止。

A：這樣，今天借的書…。

B：請下下星期前歸還。

解說

「名詞（時間）までに」與表示時間的名詞一起使用，限定時間。

「しなければなりません」表示義務。

「遅くても」無論到多晚的時間。

「帰ってきなさい」：複合動詞「帰ってきます」的命令式。

61 …とき…。

例文

63-00:08

もしもの時には連絡してください。

会社を休むときは電話してください。

ちょうどいいときに来ました。

道路を渡るときには気をつけてください。

暇なときは遊びに来てください。

単語		
いざという	遅刻する	嫌なとき
車を運転する	時間がある	

会話

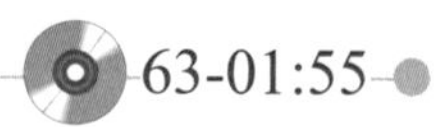

63-01:55

A：木村さん、何をしているんですか。

B：郭さん、ちょうどいいところに来ました。手伝ってください。

A：いいですよ。

B：ありがとうございます。助かります。

61 …的時候。

例句

突發情況時請連絡。

公司休息時請打電話來。

來得正是時候。

過馬路時請小心。

有空時請來玩。

臨時需要	遲到	不喜歡的時候	開車	有時間

會話

A：木村小姐，妳在做什麼呢？

B：郭先生，你來得正是時候。請幫我一下。

A：好啊。

B：謝謝。幫了我。

解說

「…とき」表示某個場合。

「ちょうどいい」時間、情況正好。

「いざというとき」發生緊急的情況。

「嫌なとき」不是正好的時間、情況。

62 …しかありません。

例文

64-00:08

財布(さいふ)の中(なか)に 100 元(げん)しかありません。

テスト終了(しゅうりょう)まであと 10 分(ぷん)しかありません。

この人(ひと)に会ったことは一度(いちど)しかありません。

毎日(まいにち)、自分(じぶん)の時間(じかん)は 1 時間(じかん)しかありません。

彼女(かのじょ)は、体重(たいじゅう)が30キロしかありません。

単語		
銀行預金(ぎんこうよきん)には	試験開始(しけんかいし)	フランスに行(い)ったこと
本(ほん)を読(よ)む時間(じかん)	身長(しんちょう)が150センチ	

会話

64-01:07

A：ああ、おいしかった。

B：会計(かいけい)して店(みせ)を出(で)ましょう。

A：あ！財布(さいふ)に 50 元(げん)しかありません。

B：しょうがないですね。今回(こんかい)は私(わたし)が払(はら)います。

62 只有…。

例句

錢包裡只有100塊。

還有10分鐘考試結束。

和那個人只見過一次面。

每天只有1小時個人的時間。

她的體重只有30公斤。

銀行存款	考試開始	去法國的事	看書的時間	身高150公分

會話

A：啊，太好吃了。

B：結帳一下，走吧！

A：啊！錢包裡只有50塊。

B：真是沒辦法。這一次我付。

解說

「…しかありません」表示只有、僅有。

「あと」剩餘。

「会計する」支付費用。主要指的是飲食費等。

「しょうがない」沒辦法、想放棄的說法。

63 あまり［動詞］ません。

例文

65-00:08

車を運転するので、バスにはあまり乗りません。

野菜は好きではないので、あまり食べません。

時間がないので、あまりスポーツはしません。

明日仕事なので、今晩はあまりお酒を飲みません。

実は、夜市にはあまり行きません。

単語

MRTにはあまり乗りません	魚
あまり本を読みません	
あまり遅くまで起きていません	屋台ではあまり食べません

会話

65-01:13

A：田中さん、これは日本語で何と言いますか。

B：これですか…。

A：わからないんですか。

B： 最近、日本語をあまり使わないので、思い出せません。

63 不太〔＋動詞〕。

例句

因為開車，所以不太坐巴士。

因為不喜歡青菜，所以不太吃。

因為沒有時間所以不太運動。

明天因為有工作，所以今天晚上不太想喝酒。

事實上不太去夜市。

替換單字

不太坐捷運	魚	不太看書
沒有太晚睡覺	不太在路邊攤吃東西	

會話

A：田中小姐，這日文怎麼說？

B：這個嗎…。

A：你不知道嗎？

B：最近不太使用日文，所以想不起來。

解說

「あまり＋動詞否定形」表示次數或程度不大。

「実は」實際上是。

「思い出せません」忘了曾經記得的事，回想不起來。

64 そんなに…ありません。

例文

66-00:08

台湾でタイ語を勉強している人はそんなに多くありません。

日本の新聞を読みましたが、そんなに難しくありません。

人気がありますが、そんなに面白い映画ではありません。

お昼過ぎの公園はそんなににぎやかではありません。

今日はそんなに寒くありません。

単語		
アラビア語	簡単では	良い
うるさく	暑く	

会話

66-01:04

A：鈴木さん、台湾の天気には慣れましたか。

B：少し慣れました。

A：最近とても寒いですね。

B：でも今日はそんなに寒くありませんよ。

並不那麼…。

例句

台灣學泰語的人並不多。

讀了日文報紙並沒有那麼難。

很受歡迎卻不有趣的電影。

中午過後的公園並不那麼熱鬧。

今天並不冷。

替換單字	阿拉伯語	簡單	很好	吵雜	熱

會話

A：鈴木小姐習慣台灣的天氣了嗎？

B：稍微習慣了。

A：最近非常冷呦。

B：但是今天並沒有那麼冷。

解說

「そんなに形容詞連用形＋ありません」表示程度、數量並未達到預期。

「うるさい」是「にぎやか」的消極性表達。

65 ほとんど…ありません。

例文

許(きょ)さんはほとんど風邪(かぜ)をひくことがありません。

人気商品(にんきしょうひん)で、ほとんど在庫(ざいこ)がありません。

個人旅行(こじんりょこう)はほとんどしたことがありません。

台湾(たいわん)に来(く)るまで、台湾料理(たいわんりょうり)はほとんど食(た)べたことがありません。

料理(りょうり)はほとんど作(つく)ったことがありません。

単語

病気(びょうき)をすることが	売(う)れ残(のこ)りが	経験(けいけん)したことが
味(あじ)わったことが	外(そと)で食(た)べたことが	

会話

A：佐藤(さとう)さん、お酒(さけ)、強(つよ)いですね。

B：そうですか。社会人(しゃかいじん)になるまでお酒(さけ)はほとんど飲(の)んだことが無(な)いんです。

A：信(しん)じられませんね。

B：本当(ほんとう)ですよ。

65 幾乎都沒有…。

例句

許先生幾乎是不感冒的。

最有人氣的商品幾乎都沒庫存了。

幾乎都沒有一個人旅行過。

來台灣之前，幾乎都沒有吃過台灣料理。

幾乎都沒有做過菜。

生病	賣剩下的	經驗過的事	吃過的味道	在外面吃過

會話

A：佐藤小姐，很會喝酒哦。

B：是嘛。進入社會之前幾乎是沒喝過酒的。

A：另人難以相信。

B：真的啦。

解說

「ほとんど…ありません」表示雖然不是全部，但卻幾乎達到全部數量。

「個人旅行」表示完全一個人旅行的預備，完全是一個人旅行。

「社会人」指在社會上工作的人。

66 ［名詞（数量）］ずつ…。

例文

68-00:08

一人(ひとり)ずつ入場(にゅうじょう)してください。

ひとり一(ひと)つずつ取(と)ってください。

毎日(まいにち)1時間(じかん)ずつ勉強(べんきょう)しています。

みんな、100円(えん)ずつ出(だ)してください。

割引券(わりびきけん)は一人一枚(ひとりいちまい)ずつです。

單語		
二人一組(ふたりひとくみ)で一組(ひとくみ)	三個(さんこ)	30分(ぷん)
300元(げん)	二枚(にまい)	

会話

68-01:02

A：会計(かいけい)は割(わ)り勘(かん)にしましょう。

B：そうですね。いくらですか。

A：ええと…。ひとり1500円(えん)ずつ払(はら)ってください。

B：わかりました。

各別+〔名詞（數量）〕…。

例句

請一個一個入場。

請一個一個拿。

每天各學習一個鐘頭。

各位，請各付100日圓。

優待卷一人一張。

替換單字				
兩人一組	三個	30分	300元	二張

會話

A：結帳分開算吧！

B：對哦。多少呢？

A：嗯…。每個人請各付1500日圓。

B：知道了。

解說

「名詞（数量）ずつ」表示將其數量平均分配。

「枚」數算紙張或T恤襯衫等薄的東西的助數詞。

「割り勘」某金額以人數除各別支付。

國家圖書館出版品預行編目資料

世界最簡單 日語句型/朱燕欣, 田中紀子合著. -- 新北市：哈福企業有限公司, 2023.09
面； 公分. --（日語系列；30）
ISBN 978-626-97451-4-2(平裝)
1.CST: 日語 2.CST: 句法
803.169 112011493

免費下載QR Code音檔
行動學習，即刷即聽

世界最簡單 日語句型
（附 QR Code 行動學習音檔）

作者／朱燕欣・田中紀子
責任編輯／ George Wang
封面設計／李秀英
內文排版／ 林樂娟
出版者／哈福企業有限公司
地址／新北市淡水區民族路 110 巷 38 弄 7 號
電話／ (02) 2808-4587
傳真／ (02) 2808-6545
郵政劃撥／ 31598840
戶名／哈福企業有限公司
出版日期／ 2023 年 9 月
台幣定價／ 349 元（附 QR Code 線上 MP3)
港幣定價／ 116 元（附 QR Code 線上 MP3)
封面內文圖 / 取材自 Shutterstock

全球華文國際市場總代理／采舍國際有限公司
地址／新北市中和區中山路 2 段 366 巷 10 號 3 樓
電話／ (02) 8245-8786
傳真／ (02) 8245-8718
網址／ www.silkbook.com 新絲路華文網

香港澳門總經銷／和平圖書有限公司
地址／香港柴灣嘉業街 12 號百樂門大廈 17 樓
電話／ (852) 2804-6687
傳真／ (852) 2804-6409

email ／ welike8686@Gmail.com
facebook ／ Haa-net 哈福網路商城

電子書格式：PDF